Improfables

DU MÊME AUTEUR

Chez le même éditeur

Improvisations sur papier libre, 2022.

Jean Louis Mechali

Improfables

Les Éditions du Panthéon
12, rue Antoine Bourdelle 75015 Paris
Tél. 01 43 71 14 72
www.editions-pantheon.fr

ISBN 978-2-7547-6720-0

En hommage à Jacques Carelman et à Raymond Queneau

L'asticot et la girafe

Un asticot crotté de glaise stoppa net une girafe dans la pampa landaise.

« Halte là, grand échalas ! Au lieu de piétiner mes vingt-deux anneaux sobrement lubrifiés, que ne m'aides-tu pas à me décrotter ? »

La girafe interloquée n'avait jamais entendu lombric ou ver de terre aussi pompeusement vociférer…

« C'est qu'avec ma seule longue langue noire, je risquerais de te noyer, petit animal imperceptible.
— Penche-toi jusqu'à moi, propose alors l'asticot, et je pourrai me laver dans tes paupières, rivages de tes yeux, grand et bel animal déséquilibré. »

La girafe se pencha alors jusqu'au sol, comme pour se désaltérer de l'eau d'une mare. L'asticot escalada le visage escarpé et osseux du géant des savanes, pour atteindre enfin sa paupière gauche, toujours plus humectée.

« Quelques larmes salées suffiront à me laver. J'espère ainsi t'épargner des chagrins futurs. »

La girafe, ongulé ruminant plutôt chatouilleux, émit quelques gloussements ridicules et remercia le ver succinct de son irruption sur le chemin.

Une fois rutilant, le rampant se cala entre les deux cornes de la girafe. La vue imprenable était splendide.

« Tope-la ! Restons ensemble tout le week-end, que je te montre ma savane. Lundi matin, je te rendrai à ta terre natale. »

Les heures filèrent trop vite. L'asticot prit un dernier bain de larmes et ils se séparèrent. Quand chacun raconta l'histoire à ses congénères, personne ne les crut.

Le remix et le ressac

Le remix dit au ressac :
« Je suis le vent de la nouveauté, de la redécouverte et du sursaut. »

Le ressac dit au remix :
« Je suis apparemment l'éternel recommencement, le son que je produis est peut-être plus répétitif que le tien, mais je génère calme et apaisement. »

Le remix dit au ressac :
« Je suis résilience et modestie. Opportunité et futilité tagada. Point de fade nature et d'effets de manches. »

Le ressac dit au remix :
« Je suis l'éternel sonore et le rythme cardiaque de l'eau. Point d'effet de mode ou de méprisable profit.
L'écarlate vanille de mes coulées d'écume vaut toutes tes artificielles couleurs. »

Un octogénaire totalement hirsute et édenté, dont on ne percevait pas d'emblée s'il était miséreux ou totalement absenté de son corps, écoutait ostentatoirement cet échange d'aimables platitudes, lorsqu'il intervint :

« Ne vous obstruez pas l'ego, parents éloignés que vous êtes.
Absentez les grands chevaux et réunissez les tapages.
Lisse est tout relief si on le regarde de trop près.
Remix, tu n'es guère création, pas plus que ressac monotonie.
Tout dépend de l'observant qui savoure, paupières apaisées.
Remix est ressac, tout autant que l'inverse. »

L'octogénaire édenté avait semé l'aumône aux deux impétrants esseulés.

Le beurrier et la belette

Un beurrier à l'orée d'un bois rencontre une belette.

« Que fais-tu, Dame Belette, à cette heure avancée, à la lisière de ce bois ?
— C'est que j'asticote la poulette, venue lisser ses ailes sur le pistil des coquelicots.
— Ah ? Mais c'est fâcheux, rétorque le beurrier, car peut-être ne le sais-tu pas, mais le pistil est l'organe femelle de la fleur, contenant les ovules qui vont être fécondés par les gamètes mâles, eux-mêmes contenus dans les grains de pollen. On trouve en général ce pistil au centre de la fleur et c'est lui qui va se développer en fruit après la fécondation. Tu fais bien, de ce fait, d'asticoter la poulette, Dame Belette. »

La belette leva les yeux au ciel et ses courtes pattes au-dessus du couvercle du beurrier.

« Et toi, sémillant beurrier, que fais-tu là, à l'orée de ce bois, entre chien et loup ?
— Je chasse les giclées de purin, pardi !
— Ah bon ? Et dans quel but en tête, délicieux accessoire de cuisine ?
— C'est que le purin flétrit cèpes et bolets, dont mon contenu raffole… rugit le beurrier.

— Je comprends tout à fait, commenta mezza voce la belette.
— Chasseurs et badauds conjecturent souvent le pourquoi de nos agissements là où ils auraient réponse tangible et franche s'ils osaient formuler leurs interrogations ! »

Le rideau du soir tomba et ils prirent congé.

Le cloporte et la pince-monseigneur

Le cloporte a mauvaise réputation et il en souffre.

Que de quolibets il endure lorsqu'il apparaît ou qu'on prononce simplement son nom. D'où sa vie underground !

Il est des cloportes de mauvaise fréquentation, et même de vie insalubre. Ils parlent un argot hermétique et fumeraient la clope de travers s'ils étaient humains.

La pince-monseigneur n'est pas en reste, trop souvent associée à l'effraction et au larcin qu'elle est.

La rencontre de ces deux-là ne pouvait qu'être épique…

Par une nuit de lune extravagante, une bande informelle de cloportes errant sur la contre-allée d'un boulevard central de Verdun croise un groupe d'hommes interlopes. La troupe s'écarte, comme à l'accoutumée, afin d'éviter l'écrasement fatal.

L'un d'eux a bien du mal à cacher dans son dos une immense pince-monseigneur. La pince en est confuse, car elle sent bien qu'on va à nouveau l'associer à quelque mauvaise action…

Par un savant ballet vertical, les cloportes escaladent et dévalent alors subitement le pantalon rugueux du récipiendaire. Munis de minuscules morceaux de papier absorbant en bandoulière, chaque représentant de l'espèce est investi d'une mission de nettoyage de toute la graisse noire agglutinée sur les dents acérées de la pince. Ainsi délubrifiée, monseigneur la pince ne pourra plus rien couper, grippée qu'elle sera, pensèrent-ils !

Ces cloportes, si souvent inspirateurs de dégoût pour leur supposée saleté, dégraissant une sommité, voilà qui frisait l'invraisemblable…

Nettoyage complet fut ainsi fait sur le chemin des malfrats vers leur forfaiture, tant et si bien que de larcin il n'y eut point. Dépités d'ainsi trimballer outil si peu performant, ils la laissèrent choir sur le pavé.

Une averse diluvienne finit de faire rutiler l'objet contondant. Tant et si bien que les cloportes repartirent joyeux de leur pied de nez au destin annoncé.

La pince commença à ressentir la noblesse inhérente à son nom et à se rêver muter en sécateur pour séquoia ou baobab, prête à tous les voyages loin des bas-fonds de Verdun.

Le coupe-ongles et le ministère public

Un coupe-ongles est convoqué pour excès de vitesse.

« De quel excès de vitesse m'accuse-t-on ? dit le coupe-ongles lors de sa parution. Moi qui hoquète par cinq doigts, assujetti que je suis à l'agilité du praticien !
— C'est que vous coupez trop rapidement, mon bon, et que plaintes furent déposées pour coups et blessures, sans compter les malfaçons ! clama le procureur en charge du dossier.
— J'ai des témoins ! clama l'objet contondant. Et je réclame preuves et auditions contradictoires. »

Des photos lui furent soumises, mais il ne reconnut point les ongles des prétendus mécontents.

« C'est que je suis employé dans un salon de beauté et nombre d'esthéticiennes et d'esthéticiens ont recours à mes services. Je n'entends donc pas porter responsabilité seul des maux dont on m'accuse. »

Une enquête fut diligentée par le ministère public.

Un mille-pattes hurla à l'amputation de trente-neuf de ses appendices de marche.

« L'allure chaloupée que cette malfaçon me confère altère hautement la majesté habituelle de mes déplacements. Je demande réparation !
— Qui vous prouve que je suis personnellement impliqué dans votre mésaventure ? Et quand bien même il s'agirait de moi, quid du ou de la praticienne qui m'utilisa de si piètre manière ? » intervint le coupe-ongles ainsi interpellé.

Le regard du ministère public allait du plaignant au prévenu dans un incessant ballet, tel un spectateur de match de tennis.

Présent dans l'assistance, un esthéticien lilliputien fut appelé à la barre.

« C'est que mes mains sont minuscules et ce coupe-ongles bondissant et vorace ! »

Le jury était attentif.

Comparut alors un fantôme qui se plaignit de façon inaudible. Il fut jugé non recevable.

Restait une fillette de neuf ans, amenée à la barre par son grand-père. Elle rapporta avoir vu ses ongles taillés si pointus qu'elle ne pouvait plus caresser son chat.

Le jury se retira pour délibérer.

Il reparut quinze minutes plus tard pour prononcer le verdict.

Le salon de beauté fut condamné à payer quelques centaines

d'euros aux plaignants, négligeant la plainte du fantôme, apparemment pour drap déchiré...

Quant au coupe-ongles, il fut ordonné qu'on le révisât pour diminuer l'ampleur de sa coupe. Mais aucune peine d'emprisonnement ne fut prononcée.

Il en fut soulagé et repartit son étui sous le bras.

Le bouton de manchette et la parenthèse

Les boutons de manchette vont toujours par paire. Ils sont inséparables et c'est catastrophe garantie que de les dissocier. Inutile aussi de tenter de les dépareiller. Ils s'invectivent d'une manche à l'autre et on est certain de passer bruyante journée.

Les petits écrins qui sont fournis à l'achat, dans lesquels ils s'alanguissent volontiers, sont rapidement égarés et ces fidèles compagnons s'en trouvent fort maris.

Pourquoi ne pas les placer, lorsqu'ils n'ornent aucune chemise, dans un endroit cosy, aéré et vitré, afin qu'ils s'en trouvent satisfaits ? pensa l'industriel averti.

C'est ainsi que se développa dans la noble contrée d'Artois une fabrique de parenthèses.

Souples, élégantes, fumées, dépolies ou translucides.

Faciles à stocker, légères comme la plume…

D'Artois en Bigorre, cela devint la norme et ces pauvres appendices grammaticaux, tombés en désuétude, reprirent goût à la vie grâce à cette inattendue résilience.

Les boutons de manchette sont dorénavant bien plus souriants, car ils s'amusent beaucoup avec ces nouveaux écrins que sont les parenthèses, si chères à Érasme.

La grimace et le pot au lait

Un pot au lait entra chez Perrette, ce qui lui rappela ses jeunes années.

« À trop rêver, on en oublie son but » dit-elle au pot au lait.

Cestui demeura interdit face à cette ruade inattendue.

« C'est que je connais la fable et sa socratique leçon », ajouta-t-elle.

Ne viens pas ici tenter une nouvelle promenade, car j'ai longuement ruminé nos premiers ébats, depuis le XVIIe siècle, et en ai bien compris la substantifique moelle.
— De grâce, Perrette, lézardons, lézardons…

Allez ! Rien qu'une fois encore ; l'eau a coulé sous les ponts, n'est-ce pas ? rétorqua le pot au lait.
— Plus un mot, tentateur ! Retourne d'où tu viens et ne reparais jamais ! »

Elle accompagna cet ordre d'une telle grimace que le pot au lait prit ses jambes à son cou, même s'il n'en était hélas point doté, renversant même, dans sa précipitation, toute la sève qu'il contenait.

Le plein et la peur du vide

Quand le métier va bon train, la passion bat son plein,
La sève en bandoulière, enivrée d'espoirs et de lendemains.
Se déconnecte le conscient, le Faire prenant le pas sur l'Être.
On dort peu, on ripaille beaucoup…
Le plein fait le vide.
C'est la médaille du revers.

Et puis, une fois la vie professionnelle estompée, le flou extérieur s'installe.
Une autre urgence doit émerger.
Ne pas laisser l'essentiel se diluer dans l'insignifiant.
L'intuition de soi refait surface.
Le vide réclame du plein.
Ressurgissent des pépites d'appétits insoupçonnés.
L'attention à soi impose son sourire.
On se déleste de poids hérités, ne gardant que l'utile.
La médaille du revers se remet à l'endroit.

La majuscule et le courant d'air

La majuscule est fière et droite. Majestueuse en début de phrase, ouvrant les propos, elle devient noble lorsqu'il s'agit de nommer quidam.

De sa hauteur, c'est tout juste si elle ressent le courant d'air.

Et même lorsque celui-ci devient bourrasque, son statut de patricienne du langage ancrée en phare éclairant fait qu'elle ne vacille jamais.

Le courant d'air, dont la fonction ultime est de faire claquer portes et fenêtres, ce dont il s'amuse beaucoup, siffle alors qu'il bute sur la majuscule.

Cet asthme inévitable le met en inconfortable position.

Tant et si bien qu'il tenta, sous prétexte de simplification de l'orthographe, de déposer requête pour suppression de cet inutile archaïsme.

Les académiciens siégèrent, après avoir posé sabres et toques au vestiaire.

La séance fut houleuse, mais l'heure du repas venant peut-être, ils finirent par s'accorder, déboutant le requérant.

Celui-ci en fut fort mari, apprenant la nouvelle.

C'est pour cela qu'on n'entend plus guère siffler vents et courants d'air en début de phrase ou lorsque personne est désignée, ceux-ci ayant communément décidé d'éviter les majuscules et d'aller chatouiller les… minuscules.

Le castor et le conseiller

Le castor est un animal bâtisseur. Comme certains humains, il est fier de la tanière qu'il s'est construite. Il y a mis ses goûts, des objets glanés dans ses voyages ou offerts par ses proches.

Il s'y sent très bien.

Lorsque vient l'heure de la transhumance, il nomme un conseiller. Il a l'embarras du choix, le castor. Beaucoup de conseillers lorgnent sa tanière. Pour être élu, chaque individu de la confrérie doit à la fois bomber le torse et se montrer séduisant.

Bomber le torse, il sait faire. Des épinards de Popeye, il s'en est gavé et son discours est rodé. Assurément, il est toujours le meilleur et le plus fiable. Se montrer séduisant demande plus d'adaptabilité. Car chaque castor est différent… Il faudra trouver des mots d'ambassadeur vénitien.

Dire au castor qu'il est le plus beau des castors sans toutefois trop ostentatoirement le flatter. Lui dire aussi que sa tanière est unique, si jolie et qu'il n'aura aucun mal à la céder au castor joyeux, qui sera si flatté de prendre la suite.

Eh oui, il faut une très haute estime du propriétaire et une très haute estimation de son bien…

Mais une fois la relation de confiance installée, il s'agit de bien l'arroser. Et d'éloigner les autres conseillers ! Bien sûr, le conseiller se sent protégé de la versatilité éventuelle du castor par un accord de partenariat exclusif.

Il arbore les plus beaux plumages et vante chaque fois que c'est opportun le ramage du castor. Conforté dans sa personne et son logis, le castor se détend et rêve d'une transhumance paisible et rapide. Il flatte à son tour le conseiller, qui est bien aimable de prodiguer tant de grâces et d'espoirs fort caressants.

Une fois le tableau délicieusement équilibré dans ses moindres formes et couleurs arrive la pluie, qui commence à brouiller les traits et à faire baver les couleurs.

À l'épreuve des visites de vaillants castors volontiers critiques pour faire baisser le prix de l'acquisition et redessiner les imperfections provoquées par la pluie, l'idylle s'effrite. Le conseiller, qui avait tiré ce portrait si avantageux du gîte et de son hôte, tiédit le portrait, affadit les couleurs et tente de faire redescendre le castor du petit nuage sur lequel il l'avait pourtant installé.

C'est que d'un coup, cette tanière n'est plus si exceptionnelle. Elle devient même très perfectible, les orages et ravages de l'hiver brouillant même jusqu'à la perception intime qu'en avait le castor depuis toujours…

Ce conseiller m'agace et il n'est plus si charmant ! pense le castor.

Quant au conseiller, qui ne veut en rien perdre de son aura et de sa puissance de recours, il rebombe le torse, vantant tous ses succès, certain de valider ainsi la pertinence de ses analyses.

La dépression guette désormais le castor… Il est prisonnier de son alliance et en vient à douter de la valeur même de son habitat. Valeur pourtant estimée par ce conseiller, qui désormais sans vergogne se met à la battre en brèche.

Il me faut prendre d'autres avis, pense soudain le castor, dans un dernier élan de lucidité.

Grimpé sur le dernier échelon de sa dignité, le conseiller refuse dans un premier temps de lâcher la bride et de donner cette liberté inavouable à son client.

Comment ose-t-il ? pense-t-il, muet, un inattendu regard supérieur posé sur le castor.

« Prenez conseil et nous nous arrangerons » concède le conseiller, qui ne veut point modifier le mandat.

C'est que les autres conseillers, tout aussi avides de prendre cette tanière en otage, ne souhaitent en rien « s'arranger ! ». Ils veulent eux aussi un mandat, brandissant là règles et usages.

Chaque jour passant amène un peu moins de lumière. Le castor ne ronge plus de bois, il n'a plus goût à traverser le gué, ni à conter barrage à sa dulcinée. C'est bien simple, il n'en dort plus ! Il commence même à se dire que cette transhumance tant espérée, depuis tant d'années, il ne la fera pas. Il gardera sa tanière et y finira ses jours, puisque tout cet espoir a été rogné.

Et il s'y connaît d'ordinaire, lui qui bâtit en rognant… Que ne fait-il pas en exigeant de rompre cet exclusif mandat qui le liait au conseiller…

Certes, il obtient ce changement et peut prendre conseil auprès d'autres conseillers. Mais il se retrouve comme au début, face au charme désuet de la flatterie. Or, ce charme ne fonctionne plus. On a beau le trouver à nouveau si sympathique et sa tanière si exceptionnelle, il ne mord plus dans ce bois-là !

Ce castor si prompt à rire de toutes ses dents est abattu. Il n'y croit tout simplement plus. Il lui tarde juste d'en finir avec la litanie des conseillers, tous arborant soudain cape noire enveloppant le visage, disant pis que pendre les uns des autres.

Finis les charmes, les fées ont muté en sorcières. Il veut juste oublier ce cauchemar et retourner à ce qu'il a toujours aimé faire : nager, rire, ronger du bois et se laver dans les torrents en écoutant les oiseaux s'esclaffer à la vue de son embonpoint.

Renonçant au rêve dessiné par les conseillers, il céda sa tanière au mieux offrant, sans aucune émotion. La tête décidément ailleurs.

Épilogue

Conscient d'avoir outrecuidé ses droits en rappelant par procuration et faux prétexte le dépité castor, le conseiller se tait.

Il voulait s'assurer, rasséréné il est.

Malgré menaces financières et juridiques uniquement guidées par une amertume coupable, le castor ne poursuivra pas le conseiller.

Il s'est contenté, face à tant de méandres et turpitudes, de le congédier.

Page suivante…

Le bac à sable

et la petite souris blanche

Bac à sable grouille de milliards de petits grains de silice
Figure même de l'infini pourtant espace contenu
Candidement brassé et piétiné
Sans compter,
Perçu entier qu'il est

Petite souris blanche, candeur nommée,
Aime à se faufiler dans cette infinité
Blanche confondue dans la mêlée
On la croit toujours unique
Sans jamais vérifier

L'infini du bac et l'unicité de la souris sont donc pur point de vue
Car le sable est un pour les enfants, là où les souris se ressemblent toutes sans que l'on soit certain de voir surgir de la ludique dune
Toujours le même animal.

La cuve et le résidu de lie

La cuve dit au résidu de lie :
« Ce n'est qu'une question de temps.
Vous avez beau vous trémousser,
Vous serez un jour vidangé. »

C'est que le résidu de lie ne l'entendait pas de cette oreille !
« De quoi ? De quoi ? Qui nous interpelle ? »

Il ne réalisait point, ce faisant, qu'il n'était que décomposition inconsommable, se sentant même comme noble…

« Le vin tire son goût de tous mes tanins ! Que serait l'ivresse sans nous ? »
Et ce n'était pas faux. Car s'il faut évidemment de la sublimation pour friser la perfection, le miasme est essentiel comme simple signe de vie. Le charme inclut bien nombre de défauts, n'est-ce pas ?

Le mitron et le sac à malices

Un mitron trottinait dans une campagne, avide de sensations furtives.
Tout en sifflotant des airs de Charlie Parker appris en cuisine, il savourait l'air marin des petits matins. Il prenait en effet ce chemin pour tarir ouvrage à l'auberge des Trois maillets, non loin de Mauléon.

« Mais quel joli sac dodu vois-je ici, délaissé sur le talus ? »
La surprise figea le mitron, car le sac sauta brutalement de côté en lâchant un énorme pet. Non content d'avoir figé le mitron, il dégoupilla un rire tonitruant.

Médusé face à tant d'incongruités le mitron tomba sur son séant.
« C'est bien la première fois que je rencontre pareil fêtard ! » lança-t-il au sac à la peau châtaigne.

Entendant cette ruade, le sac fit des sauts de tous côtés, ornementés d'entrechats raffinés et virtuoses, exécutés avec grâce par ses anses. Puis il s'interrompit dans une série d'éternuements inextinguibles. Le mitron lui tendit un mouchoir, puis se rétracta, conscient du grotesque inénarrable de cette situation.

Le sac prit ses anses à son cou et détala.

Le mitron renoua avec sa route en trottinant de droite et de gauche sur le chemin. C'est qu'il était attendu par Léon, à l'auberge des Trois maillets, près de Mauléon.

Toutefois, reprenant machinalement les mêmes airs de Charlie Parker, il s'interrompit et repartit de plus belle en chantant à tue-tête la si belle mélodie de « Days of wine and roses ».

La danseuse et le pèlerin

Gianni vit sortir cette danseuse du studio où elle répétait. Il regardait passer ses jambes tourbillonnantes à travers la vitre de l'entresol depuis déjà deux heures. Elle était superbe et enjouée.

Il lui lança :
« Que tu es belle ! Dieu t'a vraiment tout donné… sauf mon numéro de téléphone ! »

Elle lui répondit :
« Dans la vie, c'est toujours pareil, il y a celles et ceux qui dansent ; et celles et ceux qui les regardent et leur jettent des fleurs ou des billets ! »

Ils rirent de bon cœur. La journée pouvait commencer.

Gianni était venu dans les Abruzzes car il voulait crever les montagnes pour aplatir le paysage. Il pensait qu'ainsi la fonte des neiges à plat permettrait de mieux irriguer les plaines. Il militait contre la propension qu'aurait le relief à diviser les gens et avait créé une association nommée Les Robins des quoi.

Abolisseurs de sommets, révocateurs des altitudes, certes. Mais aussi, inventeurs du pain sans mie, cuit sur fourreaux métalliques pour n'obtenir que du croustillant ambré ; voire contempteurs de tous les impossibles proclamés.

Pour crever les Alpes, ils fomentaient une infamie. Point question de grimper jusqu'au sommet du mont Blanc, car tous avaient le vertige ; ce qui était sans doute un mobile inavoué de cette théorie à la base rassembleuse des peuples, abolisatrice des frontières naturelles.

Ils s'attaqueraient donc aux contreforts. Ces fameux contreforts, ainsi nommés lorsque l'on n'en connaît point le nom précis. En sapant ces chaînes par leurs irisations, les sommets finiraient par s'affaisser.

Et il suffirait que des assemblées conséquentes viennent les piétiner au rythme d'une musique endiablée pour qu'ils rentrent dans le paysage. A priori, aucune incidence sur mers et océans, puisqu'il ne s'agissait que de dégonfler les montagnes.

Ils pensaient opérer de nuit. « Discrétion oblige… braille pour tous ! », tel était leur slogan. Et puis, au moment de se mettre en route avec les trente-six Robins des quoi, grimés comme un commando pitoyable, Gianni repensa à cette danseuse aux jambes virtuoses, ce matin-là, à travers la vitre de l'entresol. Qu'elle était belle et accorte… Il fut alors fasciné en repensant à ce corps qu'il devinait à la fois superbe et performant, puisque chaque muscle était travaillé dans le seul but d'exécuter des gestes savants et exigeants. Il se remémora ce qu'il en avait vu : des chevilles fines et nerveuses débouchant sur des mollets puissants et longs, un genou proéminent donnant accès à des cuisses somptueusement galbées.

Alors qu'il s'apprêtait à crever des montagnes, comme une impensable pirouette faite à la nature, il évoquait avec émotion les galbes de cette danseuse. Une pensée absurde lui traversa l'esprit. Et si cette danseuse perdait son relief si seyant ?
Son sang ne fit qu'un tour et demi et il prit sa décision de quitter cette assemblée, pourtant pertinente. Il ne voulait plus abolir les reliefs.
Restait donc le pain sans mie, dont il raffolait. La danseuse avait dérouté le pèlerin.

Le ramoneur et la haute coiffure

« Que puis-je faire pour toi, enduit de suie ? demanda la coiffeuse.
— Je voudrais que vous me fassiez une haute coiffure ; j'en rêve à chaque fois que je passe devant votre enseigne, répondit le ramoneur.
— C'est que les hautes coiffures sont prodiguées aux hautes gens ! réplique-t-elle sans hésiter. Et que dit votre pedigree ? Pensez-vous pouvoir y prétendre ? Votre grimage charbon ne me conte pas prestance et hautes manières, en tout cas…
— C'est que, à ma façon, je suis personne des hauteurs, qui hante souches et cheminées, et que seraient vos soirées plumées de bonnes coutumes près de l'âtre chaud, si je ne veillais pas à la netteté de vos conduits, Madame ? »

La coiffeuse est embarrassée.

Les gens qui font tinter la sonnette assujettie à la porte de sa boutique affichent toujours noble allure ; point besoin de montrer patte blanche. Mais cet homme aux pattes noires, apparemment charmant malgré l'épaisse couche de suie grasse, à quelle hauteur peut-il prétendre, hormis celles des toitures ?

Elle lui demande alors d'attendre quelques instants, prétextant futilité de bon aloi.

« Cet homme de modeste condition devrait aller voir un coiffeur de quartier, pas une enseigne de haute coiffure » pense-t-elle à mi-voix.

Et de toute façon, que pourrait-on faire de ces cheveux devenus « incoiffables » ? Quelle haute coiffure digne de sa dénomination pourrait s'adapter à pareille crasse ?

Puis, s'appuyant sur un haut tabouret, elle se met à sourire. Elle va lui proposer une sorte de création. Une coiffure rehaussée en forme de gâteau d'anniversaire ! Sans les bougies, évidemment !

Revenant vers lui, pleine de cette évidence, elle lui expose son idée. L'homme des cimes habitées est très surpris par cette proposition. Mais à l'évidence, il s'agirait bien d'une haute coiffure, son rêve toujours inabouti. Il accepte donc, d'autant que sa mise en œuvre peut démarrer dans l'instant.

Ses cheveux à la fois lustrés et confits dans la suie gardent bien les formes les plus extravagantes et il sera plutôt ludique d'y organiser comme une pièce montée, en forme de chapeau long et pointu, comme ces coiffes d'astrakan noir que portent certains moines coptes.

Et elle démarre dans la plus grande excitation ce qui sera son grand œuvre, à coup sûr. Le résultat est si surprenant que le ramoneur s'exclame :

« Me voilà anobli par votre très haute coiffure, Madame ! »

La coiffeuse est aux anges. Tant et si bien qu'elle lui remplit une carte de fidélité, qu'elle tamponne bruyamment.

« Revenez chaque mois, homme des hauteurs, et nous inventerons une haute coiffure toujours adaptée à votre chevelure. »

Ainsi fut fait. Toujours pour des résultats de « haute tenue » !

La tartine qui voulait s'affranchir du pain

Une tartine, un petit matin, se retrouvant beurrée et enduite d'un miel de châtaigne odorant, se mit à rêver d'Icare.

Moi qui me sens perpétuellement et sempiternellement alourdie de maintes sucreries, j'aimerais tant m'alléger et m'envoler… se dit la tartine.

Réalisant qu'elle n'était que pain et ajouts du matin, elle songea que cette composite constitution ne lui donnerait jamais accès à telle béatitude.

Elle était telle un prénom composé, le tiret entre les deux identités étant ce qui dénommait l'attelage lui-même. Elle ne faisait donc qu'un. Vaine schizophrénie…

N'étant ni pain, ni beurre, ni miel ou confiture, mais l'assemblage des trois, comment voler ? Elle se dit, poursuivant ainsi l'analogie du prénom à trois têtes, qu'elle pourrait essayer de faire disparaître un ou deux composants sans qu'aucun alentour n'y prête attention…

Au fond, pensa-t-elle, l*e pain est un simple support. Ce qui me fait tartine, c'est ce que l'on met dessus. Pourquoi ne pas essayer de garder seulement beurre et adjuvant sucré ?*
Ah mais voilà ! Comment tiendront-ils si j'enlève le pain ?

Elle en resta là pour ce matin ébouriffant.

Elle décida alors le matin suivant d'aller se promener sur un buffet de petit déjeuner dans un hôtel de renom, en prenant garde tout de même à ne pas être mangée, constatant alors que d'autres alliages, toujours dénommés « tartines » par les clients n'étaient pas constitués de pain, même si beurre et ajouts sucrés étaient encore présents. Jusqu'à des supports fins et légers, qui pourraient peut-être lui permettre de réaliser son rêve de voler…

Un petit homme rondouillard s'approcha alors du buffet et regarda silencieusement cette tartine se faufilant toujours pour ne pas être choisie.
« Que fais-tu dans ce plateau de délices si tu échappes constamment à ton destin, jolie tartine ? »

Pensant ne pas avoir été repérée, notre tartine en fut interloquée.
« C'est que j'aimerais pouvoir voler et que je me sais trop lourde, homme plein de bonhomie » répondit gênée la tartine.

Il la prit discrètement dans son assiette et l'amena dans un coin tranquille, afin qu'on ne le prenne pas pour un fou, à parler ainsi tout seul à une tartine.

« Je suis aéromodéliste, jolie tartine. Je vais te concevoir une armature en balsa très légère, et y tendre du papier si fin et imperméable que nous pourrons le beurrer et y ajouter du miel de châtaigne, comme tu l'aimes. Et tu voleras comme un planeur. C'est moi qui te lancerai. »

Et c'est ainsi qu'un matin, dans une clairière toute proche, la tartine fraîchement beurrée et nappée d'un miel délicieux prit son envol. Un long et paisible vol, qui fut comme téléguidé, car le petit homme rondouillard put même rattraper la tartine volante avant qu'elle ne se brise au sol. Il pensa même, plus tard, qu'il avait rêvé tout ça.

Table des matières

L'asticot et la girafe 9
Le remix et le ressac 11
Le beurrier et la belette 13
Le cloporte et la pince-monseigneur 15
Le coupe-ongles et le ministère public 17
Le bouton de manchette et la parenthèse 20
La grimace et le pot au lait 22
Le plein et la peur du vide 23
La majuscule et le courant d'air 24
Le castor et le conseiller 26
Le bac à sable et la petite souris blanche 31
La cuve et le résidu de lie 32
Le mitron et le sac à malices 33
La danseuse et le pèlerin 35
Le ramoneur et la haute coiffure 38
La tartine qui voulait s'affranchir du pain 41

N° d'éditeur : 6720

Dépôt légal : Octobre 2023

Achevé d'imprimer chez SoBook le 03-10-2023

Linselles - France

N° impression : 867 052